조선일애편

녹두전 ❸

혜진양 지음

arte POP

제4화
묻지 않는 여인

이은아.

정이은(16세)

작은아버지?

무슨 일로
오셨어요.

보면
모르겠느냐.

아니, 딱 봐도
알겠기는 한데
오실 때마다 이리
쟁여 와주시니…

너무 좋아서
그러지요.

네가 좋다 하니
이 작은아비도
좋구나.

하하하

그런데 은이야, 네게 아이가 있었던가?

아직 시집도 안 간 처녀한테 그게 무슨 말씀이세요?

그게 아니라면 네 뒤에 있는 어린아이는 누구 집 아이더냐?

아, 미미를 말씀하신 것 이었습니까?

미미?

잠깐, 미미라면 그 황씨네 막내딸이라던 그 미미인 게냐?

네, 그렇습니다.

원래대로라면 덕이 오라버니와 혼인해서 제 시누이가 되셨을 황미미입니다.

황미미(5세)

4

허 참…

그거

이덕이 놈이
왜 도망간 건지
이제 알겠네.

농이
지나치십니다,
작은아버지.

철퍼덕

윤목이 아니냐?

형님!!

다녀간 지 얼마나
됐다고 여기까지
무슨 일이냐!

하하, 무슨
일이기는요.

슬슬 날이 추워지니
월동 준비 하실 것을
가지고 온 게지요.

정윤목(38세)

내 굳이 이러지 않아도 된다 하였거늘.

아닙니다, 형님. 전 당연한 일을 하는 것뿐입니다.

……

아무튼, 정말 무슨 일로 온 게냐.

실은 며칠 전에 '이시발' 형님께서 저를 찾아오셨습니다.

…시발이 그놈은 암행어사 주제에 하라는 일은 안 하고 사람만 만나고 다니나 보구나.

제가 있는 곳을 우연히 지나다가 들르신 거랍니다.

그래서, 그놈이 뭐라 했길래 여기까지 온 게냐?

정윤저(42세)

그것이…

6

시발이 형님께서 얼마 전에 이체 녀석을 만나셨다고 합니다. 밀양에서 몹쓸 양반 하나를 벌해달라며 왔었다더군요.

지 놈들 처지도 모르고 오지랖을 부렸구나.

그러게 말입니다.

쉬잇.

그놈들이 아버지의 피를 물려받기는 받았나 보다.

......

쉬잇.

꾸덕
꾸덕

그래서
걔들이 있는 곳이
어디라고 하더냐.

그것이…

그놈들 어디에
처박혀 있대요?
작은아버지?

허허, 은이는
여전히 호탕한 것이
여장부감이로구나.

형님,
전 은이를 볼 때마다
아버지가 생각납니다.

피는 못 속여.

자기 정혼자
과부 만들어놓고
과부촌으로 들어가는 건
대체 무슨 심리여?

어흐, 춥다.

이제 아침엔 제법 서늘하네.

동주야,
애들 계란
몇 개 낳았어?

하나

둘

네 개요.

녹두 어머니와
함께 살게 된 지 벌써
반년이 지났습니다.

어머니께서는
정체불명의 자들에게
쫓기고 있다고
했던 것 같은데

반년이 지난
지금까지도
어머니를
찾아온 사람은
한 명도
없었습니다.

그냥 물 흐르듯이
모두가 편히
지내고 있어서

나와서
진지 잡수세요!

지금 당장의 일보다,
오히려 행수님과의 약속이 끝나는
반년 뒤가 더 걱정입니다.

그런데 어머님.

응?

갑자기 생각난 건데,
어머님의 다섯 살짜리
부인 말입니다.
어찌 살고 계실까요?

우리 집에 들어와서 살고 있을 것 같기는 한데,

어차피 친정이 우리 집 바로 옆이라, 왔다 갔다 하면서 지내고 있지 않을까?

음… 그러게.

이왕이면 우리를 죽은 자식 취급하고 혼인을 무르셨으면 하는 바람인데…

워낙 작은 마을이라 쉽지는 않겠지.

작은 마을이라서 더 쉽게 혼인을 무를 수도 있어. 쉬쉬하기 쉬우니까.

그게 안 되더라도 거리가 워낙 가까워서 크게 생활이 달라진 건 없을 거야.

그러니까, 걱정 안 해도 돼.

…그래도.

그건 너무
무책임하신 거 아닙니까?
아직 다섯 살밖에
안 된 분이라면서요.

?

동주야.
애시당초 우리가 집을 나온
이유가 저놈 부인 될 사람이
다섯 살이라서였거든?

아…

그리고 생각해봐.
다섯 살짜리 꼬마한테
과부로 살라고 하거나
자진열녀비를 세우라고
할 일은 없잖아?

무엇보다
우리 아버지는 미미한테
괜찮은 놈 나타나면 먼저 나서서
보쌈해 가라고 하실 분이야.

우리도
아무런 계산 없이
나온 건 아니니까,
너무 혼자 고민하고
걱정하지는 마.

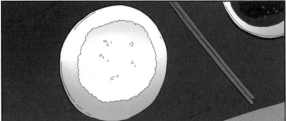

그런데 말입니다.

혹시 그 부인분…
상황이 어찌 되었든
과부가 된 것이나
다름이 없을 텐데.

그럼 이 마을에
오시는 것
아닙니까?

이래 봬도 저희 마을은
전국 팔도 과부들이 모이는
과부촌이니까요.

이모님,
농이라도 그런
무서운 말씀은
하지 말아주세요.

에이,
이 넓은 조선 팔도
땅덩어리에서 그럴 일이
있겠습니까?

아, 맞다.
그러고 보니 어제 기방에
다녀오는 길에 보았는데,
감이 다 익어 있었습니다.

감?

15

네, 기방 뒷산에
주인 없는 감나무가
하나 있거든요.
그래서 가을이 되면 기방
친구들이랑 함께 산에 올라서
감을 따 먹고 오는 게
낙이었어요.

그래?
그럼 그 감 우리도
따서 먹어도 되나?

이모님도
같이 가요!

저도 같이
가고는 싶은데,
죄송합니다.

주인이 없으니
되지 않을까요?

그럼 오늘
따러 가자!

아직…
집 밖으로 나가는 건
아무래도 어렵네요.

아… 예.

이모님께서는,
저희와 산 지 반년이 넘어가는데도
여전히 집 밖에 나가는 것을 삼가고 계십니다.
아직까지도 우리 외 다른 이들의 눈은
무서우신 것 같습니다.

덕분에

형, 동주랑 나랑 감 따러 다녀오자.

이모님은?

안 가셔.

그럼 나도 안 가.

형은 또 왜.

이모님 혼자 두고 셋이 우르르 나가면 이모님 혼자 가엾잖아.

똥 싸면서 그런 소리 하기 부끄럽지 않아?

전혀.

그리고 아직 안 쌌어. 빨리 나가.

어머니와 저 단둘이 밖으로 나가는 일이 많습니다.

어머, 동주 엄마 어디 가?

하지만, 어머니와 저 단둘이 있을 때는 뭔가…

이유를 알 수 없지만, 둘 다 너무 어색해서 말 한마디 하지 않고 용무만 보고 올 때가 더 많습니다.

감 따러 갑니다.

어머? 어디로?

그건 비밀~

못 쓰는 천 하나 주면 언니 몫까지 따 올 수도 있는데~

하여간 동주 엄마도 은근 장사 수완이 있단 말이지.

그거 칭찬이죠?

다른 사람이 한 명이라도 있으면, 괜찮은데…

다시
단둘이 남으면

어떤 말을 해야 할지,
어떻게 걸어야 할지
도저히 모르겠어요.

저… 동주야?

네?

난 그 감나무
어디에 있는지
모르는데…

아!

제

가

앞장서겠습니다.

그래.

······

동주 쟤 일부러
나 피하는 거 맞지?

19

야!

너 대체 뭐야.
혹시나 내가
걸음이 빨라서
그런가 했는데

네?

동주 너,
왜 나랑 떨어져서
걷지 못해 안달이야.

그… 그런 적 없습니다!
생사람 잡지 마세요!

탁

정말?
그래?

그러면

스윽

이러고 걷자.

남사스럽게
이게 무슨 짓입니까?

아무도
남사스럽다고
생각 안 하거든.

왜? 난 네
엄마니까.

오히려 아까처럼
떨어져서 걸으면
우리 둘이 싸웠나 하고
이상하게 볼걸?

정말이지,
이 사내는 언제 어떤
행동을 할지 도무지
알 길이 없어서

둘이 있으면
정말로 제가 어떻게
해야 할지
모르겠습니다.

그리고 이렇게 걸으면
집에서는 못 하는
그런 대화도 할 수 있고,
남들 보기에도 얼마나 좋아.
안 그래?

뭐야,
왜 이렇게 많이
올라가는 거야.
아직도 한참
남았어?

아직
멀었습니다.

아무도 따 먹지 않는
주인 없는 감나무가
어디 쉬운 곳에 있을 것
같았습니까?

스윽

무슨 짓입니까?

무슨 짓이긴.

으악

이 속도로는
해 떨어지기 전까지
집에 못 돌아갈 것 같아서
속도 내리는 거지.

그리고 아까부터
힘들어서 인상 팍 쓰고
짜증 내는 거 보이는데,
어떻게 어미가 돼서
안 도와주냐?

제가 언제 인상
썼다고 그러십니까?

엄마는 팔팔하니까,
우리 따님이나
힘내서 걸으세요.

우리 따님 으쌰—
올라갑시다 으쌰—

이거 은근
편하긴 하네.

와아.

진짜 감이 주렁주렁이네.

어디 감 한번 안 따 먹어본 사람처럼 말씀하십니까?

그런데 아무도 안 따 먹는 이유를 알겠다.

저걸 어떻게 따 먹냐.

나무는 타고 올라가면 되는 거 아니겠습니까?

오오.

누가 부잣집 도련님
아니랄까 봐.

어머니는
그냥 아래에서
보고만

계세

요…?!?!

빠
직

진짜 재주 좋네.
무슨 계집애가 나무를
그리 잘 타느냐?

두 번 탔다가는
죽겠다, 죽겠어.

걸을 수
있겠어?

…피는 안 나는데
아무래도 뼈가
나갔나 보다.

아야.

걸을 수 있기는
개뿔.

내가 업고 내려가면
내려가는 도중에
해가 떨어질 것 같고

그렇다고 여기에서
마냥 있을 수도
없는 노릇이고.

어휴.

이 근처에
노숙할 만한 데나
땅굴 같은 거 있어?

땅굴요?

이대로
내려갔다가는
중간에 해 떨어져.
차라리 노숙하는 게
나아.

하지만 그렇다고
안 내려가면 모두
걱정하실 텐데.

그래도
어쩔 수 없어.

있어봐,
노숙할 만한 곳 있나
찾아보게.

있긴 있습니다.

있어?
어디?

…그게

조금만 내려가면
과부 바위가 있는데

후, 그래.
다행이다.

그곳 근처에
안 쓰는 움막이
있습니다.

자, 그럼 업혀.

그 정도는
움직일 수 있지?

…….

…네.

안 무겁습니까?

하나도
안 무거우니까
걱정 말어.

저기야?

네.

생각보다
괜찮네.

괜찮아?

네.

여기 불붙일
만한 게 있나?

저쪽에…

뭐야,
여기 별게
다 있네.

누가
훔쳐 가면 어쩌려고
이렇게 해놨대.

누가 훔쳐 갈 리가
없으니까 그리
놓아둔 거지요.

왜
안 훔쳐 가?

그거야,
이곳은 과부들이
자결하러 올라왔을 때
잠시 머무는 곳이니까요.

과부촌에서 평생 살다
돌아가시는 분도 계시지만
가끔 들어온 지 얼마 되지 않아
자결을 하는 분도
계십니다.

올라오는 길에
과부 바위
보셨지요?

마을을 그냥 지나가는
사람들은 과부 바위의 생김새가
과부가 서서 마을을 바라보는
모양새라서 과부 바위라
불리는 줄 알지만,

애당초
그 바위는 과부들이 올라와
스스로 목숨을 끊는 곳이라 해서
과부 바위라 불린
것이었습니다.

그래서 아까운 목숨
스스로 끊기 전에 이곳에서
조금만 더 고민을 해보라고
마을에서 만든 것입니다.

네, 이 움막은
행수 어르신께서
만드셨거든요.

그래도 이 움막을 만든 뒤로
이곳에 올라왔다가 다시 마을로
내려가는 분들이 종종
있었다고들 해서,

기방에서 당번을 정해
이곳을 꾸준히
치워놓고는 합니다.

기방에서?

거참,
대단한
아줌마야.

어디 과부촌에
기방이 자리 잡는 일이
쉬웠겠습니까?

아무튼, 오늘은 어머니와 함께라서 그런지 생각만큼 무섭지는 않네요.

무섭다니?

아… 말씀 안 드렸습니까? 여기는 진짜로 귀신이 나옵니다.

청소하러 왔다가 본 애들이 꽤 있어요. 이곳이 생기기 전에 떨어져 죽은 과부 귀신들이 늦게나마 이곳에서 쉬었다 간다고들 하더라고요.

에이, 세상에 귀신이 어디 있어.

전 여기에만큼은 있다고 생각합니다.

여기에서 억울하게 죽은 여인이 한두 명밖에 없을 것 같습니까?

수백 명은 아니더라도 수십 명은 될걸요.

아아아아아!!
없어!! 없어!! 없어!!

없다고!!

풉

농입니다,
농.

여기에서
귀신 봤다는 사람
없습니다.

네가 좀
살 만한가 보구나.

네,
덕분에요.

풀썩

뭡니까?

남녀칠세
부동석입니다.
떨어지십시오.

난 네 엄마라
괜찮아.

그리고 보니 말이야.

네?

우리 둘, 이렇게 같이 있는 건 그날 이후로 처음이던가?

그날이라면…

그날?

무, 무슨 소리 하시는 겁니까?!?!

뭐가?

)…

난 우리 처음 만난 날 말하는 건데,

뭘 생각한 거야?

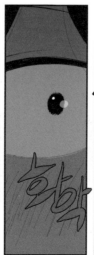

야! 넌 엄마를 보고 무슨 생각을 하는 거야?

제가 뭘요?!

…….

…….

어머니.

응.

그렇지.

이제 반년만
더 지나면 약속했던
일 년이 됩니다.

그래서
말입니다…

그때는…
저 어떻게
되는 겁니까?

…마을 밖으로
나간 후에도
계속 과부 행세 하면서
지내실 겁니까?

말만 어머니지,
생각해보면
전 어머니에 대해서
아는 게 없습니다.

심지어 어머니의 진짜 이름조차도 전 모릅니다.

그…

그만! 이게 얼토당토 무슨 짓이야!!

어?

뭐야.
알고 있네, 내 참 이름.
정이덕이 내 이름 맞아.
너 기억력 엄청 좋다?

내가 쫓기고 있는
입장이라는 거
너도 알고 있잖아.

분명 그대로
쓰는 건 나 잡아가쇼~ 라고
소문내고 다니는 거나
다름없다고.

누가 뭐랍니까…?

그냥 저는 좋아한다
말을 했습니다.
마음을 품고 있다
했습니다.

그런데 어머니께서는
그 후로도 계속 어머니로만
행동하고 계시지 않습니까?
저는 그때의 대답이
듣고 싶습니다.

진정 저는 어머니께
딸아이 그 이상은
아닌 겁니까?

휴…
정말이지.

그래, 단둘이 있으니까
그래서 너도 마음이
이런 거겠지만 말이야.

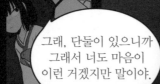

너 지금 네가
어떤 상황인지
파악은 하고
행동하는 거니?

지금은
밤이고

여기에는
우리 둘뿐이고

잠깐,
잠깐만요.

저기 그게
그러니까

제 말은 남녀
막 그런 게 아니라,

도리

도리

아직 대답을
듣지 못했어요.

비켜봐.

네?

아니 저기
그러니까,

제가 말한 건
그게 남녀 막 그런 거
하자고 한 것이
아니오라,

당황스럽구요.
그게 그러니까
이건 아닌 것 같아요.

그게 그러니까
이건 너무
급작스럽구요,

꺄악

저기, 전 아직
그 마음의 준비가!

넘어오지 마.

넘어오면
나도 어떻게 될지
장담 못 하니까,
넘어오지 마.

나도
남자라고,
멍청아.

아무튼, 미안해.
나도 잠시
이성을 잃었어.

네가 뭐라고 하든
나는 더 이상 너를
내 일에 끌어들일
생각 없어.

힝...

그러니까 내게는
세 분의 아버지가 계셔.

나를 낳아주신 아버지,
나를 살려주신 아버지,

그리고
나를 키워주신 아버지.

너도 비슷했겠지만
나는 전쟁터에서
태어났어.

태어나자마자
버림받았던 것인지
부모가 죽은 것인지
인적 없는 집 마당에 갓난아이가
있어서 주워 온 거라고
할아버지께서 그러셨거든.

할아버지께서는
내가 울지도 않고
곤히 눈을 감고 있길래
처음에는 죽은 줄 아셨대.

가여운 마음에
어디에다가
묻어주기라도 하려고
안아 들었더니,

그제야
막 울더래.

그래서 이 아이는
내가 살릴 팔자구나,
하면서 데리고 오셨대.

그러니까, 나를 살려주신 아버지는 내 할아버지.

전쟁터에서 나를 데려오지 않으셨다면 난 그곳에서 죽었을 테니까.

그리고 키워주신 것은 우리 아버지.

아버지는 우리 할아버지의 장남으로 마침 아들이 하나 있던지라, 한 명 더 키우라며 할아버지께서 맡기신 것 같아.

우리 아버지는 무뚝뚝하고 고집이 센 분이라 아직도 나에겐 어려워.

정윤저

아, 황태 형은 나랑 의붓형제지만 어릴 때부터 같이 자라서 친형이나 마찬가지야.

뭐 해?

원래 이름은 정이체, 우리 집 첫째야.

정이체(15)

나는 둘째고, 아래로 여동생이 한 명 더 있어서 우린 삼 남매야.

아무것도 아니야.

넌 내가 부잣집 도련님이라 생각하는 것 같지만 그렇지 않아.

밥 굶을 걱정은 하지 않고 자랐지만, 배부르게 먹고 자라지도 않았어.

하지만, 어릴 때부터 책은 많이 읽고 자랐어.

천자문, 소학, 논어, 대학, 기타 사서삼경뿐 아니라 각종 잡학까지 원하면 원하는 대로 작은아버지께서 가져다주셨거든.

애들아. 작은아비 왔다.

작은아버지는
할아버지의 셋째 아들로
함자는 정 윤 자 목 자.

작은아버지는
우리 아버지와는 다르게
온화하시고 학문에도
뜻이 깊은 분이라

작은아버지 아래에서
공부하고 있는 제자들도 있어서,

정윤목

나도 작은아버지 밑으로
들어가 공부하는 것이
꿈이었어.

네놈이 글자 몇 개
읽을 줄 안다고,
오만함이 아주
하늘을 찌르는구나.

죽은 듯이 살다 죽어야
하는 것이 네 팔자라고
몇 번이나 말했지 않았느냐!
어딜 감히 마을 밖으로
나가려고 하느냐!

큰... 꿈이
있는 것이
아닙니다.

작은아버지께서도
삼강마을에서 은거하시면서
공부하고 계시지
않습니까?

하지만 내 꿈은
말 그대로의
꿈이었을 뿐.

아버지 뜻대로
쥐 죽은 듯이 있는 듯 없는 듯
사람들 속에 숨어서 공부만
하겠습니다. 글만 읽겠습니다.
허락해주세요.

윤목이 그
썩어 문드러질 놈이

네 허파에
헛바람만
잔뜩 불어넣고
갔구나.

아버지!!!

안 되는 것은
안 되는 게다.
두 말 말거라.

그날은 비가 왔다.

하염없이 뛰었다.
억울했다.

싸
아
아

우리 아버지는 왜
다른 아버지들과
다를까 화가 났다.

54

어릴 적부터
나의 아비라는 작자는
내가 이 마을에서
발가락 하나조차 나가는 것을
허락하지 않았다.

내 입에서 한양이라는
단어가 나오던 날,
난 온몸에 피멍이
들도록 맞았었다.

어렴풋이 알고 있었다.
우리 아버지는
숨어 살고 계신 거다.

누군가에게 들킬까 봐
전전긍긍, 자신의
자식들마저 겁먹고
꽁꽁 숨기고 계신 거다.

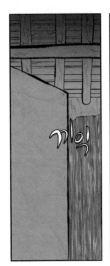

너 뭐냐.

형,
나 할아버지한테
갈래.

……

왜?

할아버지한테 부탁해서
작은아버지 댁에서 나 살게
해달라고, 공부할 수 있게
해달라고 할 거야.

무슨 근거로
그렇게 확신해?

할아버지는
허락해주실 거야.

만에 하나 할아버지께서도 허락 안 해주시면 어쩌려고 그래?

할아버지는 정일품 문신이잖아. 그런 분이 손자가 공부한다 하는데 반대하실 리가 없잖아! 안 그래?

그래.

다음 날

이덕이가 많이 컸구나.

할아버지!

저 지금 진짜 많이 진지해요!

할아버지랑 작은아버지 밑에서, 여기 예천에서 공부할 수 있게 도와주세요.

이덕이는 커갈수록 네 아비를 많이 닮아가는구나.

아버지를요?

말도 안 돼요! 아버지는 제게 공부도 하지 말라 하시고, 절 집 안에만 가둬두려고 하신다구요! 그런 아버지와 제가 뭐가 닮았단 말입니까?

모르는 소리.

윤저만큼
너를 위해 산 사람은
없을 게다.

이덕아.
네가 읽어보고 싶은
서책은 다 가지고
갈 수 있게 할 터이니,
그만 집에 돌아가거라.

네?

싫어요.
할아버지랑
같이 살래요.

아, 몰라.
배 째세요!

여기서 살라고
허락해주실 때까지
안 일어날 거예요!!

58

허허,
이 녀석.

이체야,
밖에 있느냐.

네 작은아버지한테 가서
제자 중에 가장 늦게 들어온,
배움이 제일 적은 아이를
하나 들여보내라고
전해다오.

네.

이덕아, 지금부터
이 아이와 네가
지식 경연을 해보자꾸나.

네가 이기면
이곳에서 있을 수
있도록 해주마.

하지만 그러지
못한다면 두말없이
돌아가야 한다.

해맑

나보다
어린아이.

그래도
하겠느냐?

네,
하겠습니다!

누군가에게 가르침을
받은 적은 없어도
읽은 책은 적지 않다고
생각했기 때문에

난 이길 수
있을 것이라고
생각했다.

넌 이제 다시 돌아가 보거라.

네, 스승님.

…이덕아.

사내놈이 고작 이런 일로 눈물을 보이고 그러느냐.

억울해서 그렇습니다.

뭐가 그리 억울하느냐.

저보다 어린 녀석에게 진 것도 억울하지만, 졌기에 배움의 기회를 잃었다는 것이 가장 억울합니다.

그럼 저희는 내려가 보겠습니다.

그래, 그러거라. 그리고 이덕아. 대신에 네가 읽고 싶은 서책은 마음껏 가져가거라.

필요 없어요.

야! 정이덕!

그만 울어.

뭔 사내놈이 그리 눈물이 헤프냐, 헤프기는.

안 울어.

부끄러웠다.

나보다 한참
어린아이보다 못한
내 지식이,

할아버지 앞에서
그리 창피를
당한 것이.

네놈이 글자 몇 개
읽을 줄 안다고,
오만함이 아주
하늘을 찌르는구나.

아버지의 말이
맞았던 거라는
생각이 들었다.

하지만
그와 동시에
억울했다.

아버지께 오늘 일을
말하면 변명이라
하시겠지만,

모르는 것은
죄가 아니니
배우면 되는 것
아니냐고,

배울 기회마저도
없었던 나는
그리 못난 게 아니라고
말하고 싶었다.

아버지.
이덕이에게 왜
그렇게까지 모질게
구신 겁니까?

이덕이 놈이
서책은
챙겨 갔느냐.

네.

빈손으로 가더니,
다시 돌아와서는
몇 권 챙겨갔습니다.

하하…
자존심이 꽤나
상했나 보구나.

아무튼
이제부터가
진짜 시험인 게다.

윤목이 너도
내심 궁금해하고
있지 않았느냐.

이덕이 놈의
그릇 말이다.

이렇게
창피 한번 당했다고
공부를 멈춘다면
그것밖에 안 되는
녀석이었던 것이고,

이 일로 더 공부하여
오늘 일을 뛰어넘는다면
큰 그릇의 아이인 게지.

아버지만 나를
가둬두는 것이라고
생각했다.

작은 아버지와
할아버지는
다를 것이라고 생각했다.

하지만
그건 내 착각일 뿐이었다.

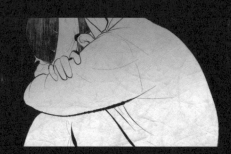

그렇게 나는
보이지 않는 벽 안에
다시 한 번 더 가둬졌다.

내 마음에 남은 것은
반발심 하나뿐.

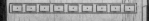

공부하다가
막힐 때에는 무작정
작은아버지 댁에
쳐들어갔다.

문전박대 하시지 않을까
걱정했지만
다행히 작은아버지는
친절히 하나하나 알려주셨다.

그래서
확신했다.

내가 그 아이와
다시 한번 경연을 해서
이긴다면, 그때는 분명히
할아버지도 작은아버지도
공부하는 것을
도와주실 것이라고.

두 분은
아버지와는 분명히
다를 것이라고,

단순히
나를 시험하고
계신 것일 뿐이라고
생각했다.

하지만

작은아버지,
시간이 늦었는데
오늘은 형이랑 저랑
여기서 자고 가면
안 될까요?

응.
안 된단다.

쳇.

끝내 작은아버지 댁이나
할아버지 댁에서 자고 가는 것을
허락해주시지 않아서
돌아가는 길에서는 마음이 흔들렸다.

그렇게 돌아온 날은
더 울화가 치밀어
공부를 했다.

할 수 있는 것은
공부 하나밖에
없으니까.

그깟 서책 뭐가
그리 재미있다고
잠까지 안 자고
유난이냐, 유난은.

실은
나도 졸려.

안 자냐?

응. 형
먼저 자.

졸린데,
그때 날 이겨먹은
샌님 놈을 생각하면
울화가 치밀어서
못 자겠단 말이야.

......

ㅋ

역시 우린 형제다.
실은 나도 그때만 생각하면
빡쳐서 귀찮아도 꾸준히
너 데리고 작은아버지
댁에 가는 거였어.

……

ㅋ　ㅋ

그럼 열심히 해라.
나는 이제 잔다.

오라버니!
오라버니!!!

지금
이러고 있을 때가
아니야.

응?

할아버지가
돌아가셨대,
오라버니.

하지만 이듬해
할아버지가 돌아가시면서
내 준비는 하얀 물거품처럼
사라졌다.

71

내가 주워 온 자식이라
그러시는 거예요?
같은 피붙이가 아니라서?!

할아버지가
돌아가셨는데 왜 가면
안 되는 건데요!

두말하게
하지 말거라.

아버지가
안 된다고 하셔도,
그래도 전 갈 거예요!

이체야.
당분간 이덕이 놈
밖에 나오지 못하게
방에 가둬두거라.

그리고
이은이도 방에
가둬두거라.

아버지,
그건…

너희 셋.

그 누구도 장례에
참석하지 않는다.

며칠 동안
방 안에서 내내 울었다.
얼마나 울었는지
기억이 나지 않는다.
울다 잠들었고,
잠들었다 일어나면
또다시 울었다.

눈물을
흘릴 생각이라면
너 역시 방 밖으로
나오지 말거라.

너희는 상복도
입지 않을 게다.

나만 안 가면
되는 것이지,
왜 이은이와 형까지
할아버지께 못 가게
하는 것인지
아무리 이해하려 해도
할 수가 없었다.

너무 아버지 원망하지 말어.
아버지도 가지 않으셨어.
어머니도 마찬가지고.

…그게
무슨 소리야.

이덕아.

아니.

죽은 사람으로
되어 있다니…
그게 무슨 소리야.

그럼 나도
죽은 걸로 되어
있었어?

넌 아예
호적에 올라와
있지 않았어.

괜찮아.

그런데

설마… 호적에도
안 올려주셨을 줄은
몰랐어가지고…

내가 친자식이
아니라는 건
나도 형도 다
아는 거였잖아.

그냥,

일 년 후

아버지와 어머니는
남은 *시묘살이라도 하고
오겠다며 예천으로 가셨다.

*시묘살이: 부모의 상중에 3년간 그 무덤 옆에서 움막을 짓고 사는 일.

그리고
집에 남은 우리는

ㅋ　　ㅋ　　?

아니,
은이를 제외한
형과 나는

고삐 풀린
망아지처럼
막 살기 시작했다.

안녕
히다녀오세요.

집에 있는
서책들은

부모님께서
집을 비운 동안의
생활을 위해
책쾌에게 다 팔아먹었다.

팔았다!!

샀다!!!

즐겨요~
에기분~

셋이 살기에
넉넉한 돈이 생겼다.

그 돈이 떨어지면
작은아버지 댁에 가서
책을 훔쳐와 팔았다.

전에 가져가신 책은
안 가져오셨습니까?

아직 다
못 읽었어.

이덕이 형님의 공부 욕심은
늘 존경하고 있습니다.
언제가 될지 모르지만,
반드시 다시 한 번 더 지식을
겨뤄보고 싶습니다!

초롱

초롱

초롱

……

어, 그래.

하여간 저
샌님 새끼는
마음에 드는
구석이
하나도 없어.

그날 이후로
더 이상
글을 읽지 않았고,

또
놀러오세요.

집에 한시도
붙어 있지 않았다.

순덕아~

우리 순덕이
오늘따라
더 곱구만~

?!?

이놈이
어디서 또…

망나니짓이야!!!

버럭

망나니짓이라니!!
네가 고와서 곱다고
말한 것인데 그게 왜
망나니짓이야?

네놈은 나한테만
곱다고 하는 것이
아니잖아!

무슨 소리야!

지금 내 눈에는
순덕이 네가
제일 곱다고.

정말 모르겠어?
내 마음?

아주 지랄이
풍년이세요.

어제는 나더니,
오늘은 순덕이야?

아,
우리 미향이
왔구나?

?

'우리' 자 빼라.
이 천둥 맞아 뒈질 놈의 새끼야.
대체 이 마을에 네가
안 건드리는 계집애는
없는 게냐?

아니,
있어.

내 동생.

그래, 오라버니가
절대 안 건드리는
동생 오셨다.

진짜
동네 창피해서
못 살아.

이은아,
오늘 네 오빠
그냥 죽여라.

개자식…

이 년의 시간 동안
내 주변 사람들이
나를 보는 시선은
확연히 달라져 있었다.

사람들은 내가
삼 일 밤낮을 안 가리고
공부를 하다 심한 고뿔에 걸려
정신이 나갔다고들
떠들었다.

언제 정신 차릴래?
대체 오라버니 왜 이러고
사는 건데?

82

저 집 아저씨 아줌마는 이덕이가 저리된 걸 아실까 몰라.

그러게 말이다.

그런데 딸, 딸한테도 이덕이 놈이 치근덕거렸었어?

어.

어찌 떠들든 상관없었다.
나는 마을 최고의 난봉꾼이자
제일 자유로운 자였다.

왜?

왜 그렇게 쳐다보는 건데?

혹시나 했었는데,
그때 우물 안에서
껴안았던 것도
습관적이었던 거죠?
그런 거죠?

뭐?

그게 무슨 소리야.

정말 내 동생이 울보라서, 그래서 습관적으로 내 동생 생각나서 그랬던 거거든!

그러니까 그 습관이 저한테만 나온 거겠냐고요.

획

동동주 너 뭔가 단단히 오해하고 있는 것 같은데, 그런 거 아니라니까?

뭐가 그런 게 아니에요. 금방 전에 자기 입으로 온 동네 여인들한테 치근덕거렸다면서요?

울컥

순덕이? 미향이? 나 참 기가 막혀서!

내가 떳떳하니까 대놓고 말을 한 거지! 뒤가 구렸으면 말했겠어?

뭐가 그렇게 떳떳한데요?

과부 행세까지 하면서 도망치는 거,

내가 난봉꾼 짓을 하고 다니기는 했었지만 선은 정확히 지켰었다고. 진짜 손만 잡고 그 이상은 한 번도 안 했어.

…….

그때 저지른 일들 수습 못 해서 그런 거라는 게 보이는구만, 내가 그 정도 눈치도 없는 줄 아세요?

…그걸 지금 믿으라는 거예요?

못 믿을 건 뭔데!!

따님.

아니, 동동주.

너, 정말 내가 그 정도 남자로밖에 안 보여?

…그렇게 억울하세요?

그럼 더 말해줘야 하는 거 아니에요?

당연하지!

동동주, 오늘 너 말 진짜 잘한다?

여기서 끊으면 정말 그런 사람으로밖에 생각 안 될 텐데요?

뭐?

그러게요.

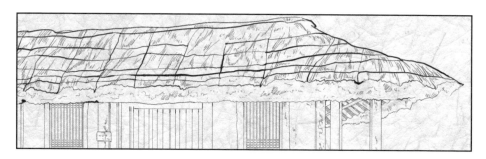

오라버니,
나 진짜 동네 창피해서
못 살겠어서 그래.
예전처럼 글공부나 하면서
조용히 살면 안 돼?

그러니까,

응,
안 돼.

아! 진짜!
오라버니!

반항이었다.

그렇게
노려보지 마.
못생겨져.

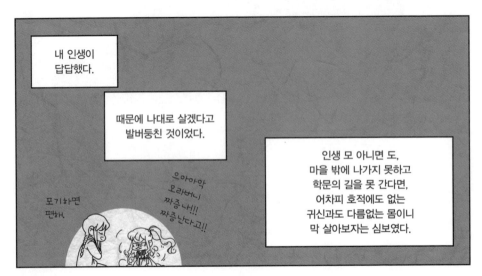

내 인생이
답답했다.

때문에 나대로 살겠다고
발버둥친 것이었다.

인생 모 아니면 도,
마을 밖에 나가지 못하고
학문의 길을 못 간다면,
어차피 호적에도 없는
귀신과도 다름없는 몸이니
막 살아보자는 심보였다.

포기하면
편함.

오아아악
오라버니
짜증나!!!
짜증 난다고!!

또 어딜 나가요?!

집은 답답해서 싫어.

이왕 이렇게 된 거 이 마을 최고의 난봉꾼이 되어보자고 생각했다.

부모님께서 돌아오셨을 때 더 크게 실망할 수 있도록

이 집에서 당장 나가라는 소리를 들을 수 있도록 노력했다.

그렇게 떠나고 싶으면 당장에라도 떠나면 될 것이지, 왜 안 떠나고 이러고 있냐고 한다면 '명분'이 필요했다.

그때 이 집에서 나가고 싶었다.

말 잘 듣는 착한 아들이 집을 나가 속상해하시는 것보다는 못난 아들로 내쫓기는 것이 낫다고 생각했다.

음…
그러니까

한마디로
망나니짓하다가
부모님께 걸려서
내쫓기게 된 거네요.

…그건
아닌데,

아무튼간
이제 알겠지?
난 망나니인 척한 거지,
진짜 망나니는
아니었다고.

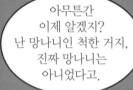

그러니까
오해하지
말라고.

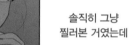

솔직히 그냥
찔러본 거였는데

이렇게 쉽게
자기 이야기를
해줄 줄은 몰랐다.

네.
알겠어요.

정말?

조금 더
숨기고
어려울 줄
알았는데,

왜지?

왜 이렇게까지
필사적으로
변명하고
좋아하는 거지?

네.

다행이다.

좋아하는 여인에게
어찌 이렇게
아무렇지도 않게
대하겠어.

아무리
막 살자 하고
살고 있었지만,

작은아버지께는
그런 모습 보이고
싶지 않았거든.

그리고
무엇보다,

나보다 고운데
내가 눈에
보이기나 하겠어?

많이
혼날 거라고
생각했어.

실망하셨을 거라
생각했고.

맞다. 그러고 보니
같은 사내에게만
마음이 가서 고생하는
사내들이 있다고들 했는데…

생각해보면
우리 마을에도
같은 여인들끼리 정분나서
도망 나와 사는
언니들이 있잖아?

그런데 혼내시기는커녕 혼인할 여인을 찾았다면서 내게 장가갈 준비를 하라고 하시는 거야.

설마

어머니랑 황태 오라버니가 그렇고 그런 사이라서…

그래서 우리 마을에 도망 왔었던

…건 아니지. 응. 이건 아닌 것 같다.

하지만, 나를 아무리 양녀 삼았다고 해도 그렇게 들이댔는데도 이리 돌 보듯 대하는 것 보면 가능성 있어.

……

저기 동주야?

네?

우리 그냥 자자.

네? 왜요?

왜기는 뭘 왜야. 너 졸리잖아.

아닌데요.

아니기는 개뿔, 아까부터 졸고 있었으면서.

진짜 아니에요. 잠깐 딴생각해서 그래요.

딴생각?

별거 아니에요.

별거 아닌 거 뭐.

그게,

뭔데? 대체.

말하기 그런데…

알았어, 뭐, 내 이야기보다 중요한 말하기 그런 게 있는가 보지.

그런 거 아니에요!

그런게 아니면 대체 뭔데?

말 안 해주면 나도 말 안 할 거야.

셋 센다.

셋

둘

혹시 사내를!!!

그냥 너를 기방에서
빼낸 후에 너대로 살길
찾으라고 할걸,

이 마을에
붙어 있지 말걸,
그냥 떠나버릴걸.

나는 귀신과도
같은 팔자의
사람이니까

나랑 엮이면
너도 위험해지니까

차라리 이런 마음이
생기기 전에 떠나버릴걸 하고
얼마나 후회했는지
네가 아냐고…

정이덕.
넌 나한테 매일
곱다 연모한다 하면서
어찌 입 한번 맞추는
법이 없냐?

책임지지
못할 짓은
안 해.

그럼 이러고
있는 건 책임질 수
있는 짓이고?

응.
이건 그냥
담소 나누는
거니까.

야, 정이덕.
너 날 좋아하기는 해?

응.

그런데 왜
나랑 혼인하지
않는 거야?

어?

왜 내게
입 맞추지 않는
거냐고.

그거야,
내가 책임지지
못하니까…

비겁한
새끼.

책임지지
못하는 게 아니라,
책임지는 게 귀찮고
부담스러운 거겠지.
무서운 거겠지.

여인 하나
책임질 패기도 없는
주제에 꼴에
사내라고.

맘도 없으면서
한 번만 더 개수작
부리기만 해봐. 그땐 정말
가만 안 둘 테니까.

흥!

정말 책임질 수가
없어서 마음을 주지
못하는 것인데

왜 다들 내 말을
안 믿어주는 걸까.

동... 동주야...
나 잠시 바람 좀
쐬고 올게.
나가볼게.

?

금방 들어오셔야
합니다.

내가 여러모로
좀 힘들다.

응.

정말,
큰일 날 뻔했다.

끼익

광

내 주제도 모르고,
정말 사고 칠 뻔했다.
동주에게 내 마음을
고백할 뻔했다.

이대로 내가 혼인하면
그대로 모든 게 다
끝나게 되는 걸까?

지금처럼
아무것도 모른 채로
살아도 되는 걸까?

그런 걸까?
형?

이덕아.

도망가자.

그리고 우리
없는 사람처럼,
죽은 사람처럼 살자.

이 사실을
모두 알게 되면
너뿐만이 아니야.

우리 가족,
아니 우리 가문
모든 사람이 역모죄로
죽을 거야.

그러니까

그러니까 일이
더 커지기 전에
내가 죽겠다고,
나만 죽겠다고…

나만 죽으면 돼.
난 없는 사람이니까,
그냥 내가…
나 하나만 죽으면 돼.

가자.

시간 없어.

그 암행어사
삼촌이 시킨 대로
일단 하자.

죽을 때 죽더라도
도망은 쳐보자고.

난 너 이렇게
죽는 꼴은 못 봐.
아니, 안 볼 거야.

그것도 내가 마음에 둔
여인이 용기 내서 먼저
내가 좋다 해준 이 상황에…
대체 뭘 고민하고 있는 거냐고.

죽을 때 죽더라도
집 나왔을 때부터
후회 없이 살자가
신념인 놈이여.

동주도
내가 좋고

그래.

나도 동주가 좋은데,
뭐가 문제야?

그게
그러니까

부모님께서
할아버지 시묘 가신
후에 말이야.

작은아버지 댁에
책을 훔치러 가면서
실은 나,

할아버지 댁에도
뭐 팔 것 없나 해서
몰래 들어간 적이 있었어.

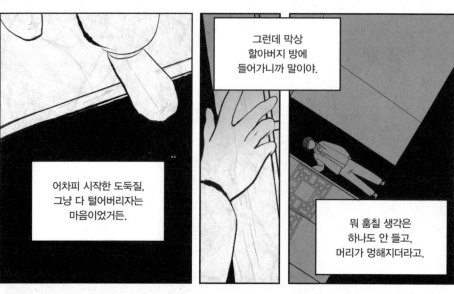

그런데 막상
할아버지 방에
들어가니까 말이야.

어차피 시작한 도둑질,
그냥 다 털어버리자는
마음이었거든.

뭐 훔칠 생각은
하나도 안 들고,
머리가 멍해지더라고.

할아버지 장례식에도
못 갔었으니까 머리로는
할아버지가 돌아가셨다는 걸
알고 있었지만,

마음으로는
몰랐던 것 같아.

너무 마음이 아파서,
어떻게 나 자신을
주체할 수가 없어서

서둘러서
나오려고 하는데

할아버지가
쓰시던 책이 한 켠에
보이더라고.

무슨
정신이었는지
모르겠어.

팔 수 있는 것도 아닌데,
귀신 들린 것마냥
그냥 들고 나왔어.

그 책에

우리 가족이 다 죽었다고
호적에 올라가 있는 게 모두 다
나 때문이라고 쓰여 있는 것도
모르고 말이야.

실은 나,

계십니까—

나도 널…

응?

어머나?

저희보다 먼저
와계신 분들이
있었네요?

그게,
해는 지지

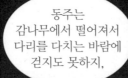
동주는
감나무에서 떨어져서
다리를 다치는 바람에
걷지도 못하지,

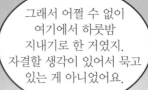
그래서 어쩔 수 없이
여기에서 하룻밤
지내기로 한 거였지.
자결할 생각이 있어서 묵고
있는 게 아니었어요.

아무튼 화수 양이야말로
이 시간에 여기까지
어떻게 오신 겁니까?

이 움막은 저희
기방 구역이라 떨어진
것이 없나 순찰하러
온 것입니다.

아무튼 과부님께서
자결하러 올라오신
것이 아니라니
다행입니다.

이왕
이렇게 된 거

넷이서 밤새
수다 떨다가
내려가요.

그러니까
그 숙맥
도령한테

도령,
오늘 밤은
나만
믿으시오.

한 다음에
옷고름을
내가 한 올 한 올
벗긴 거지.

왜 둘 다
얼굴이
붉어져.

... ...

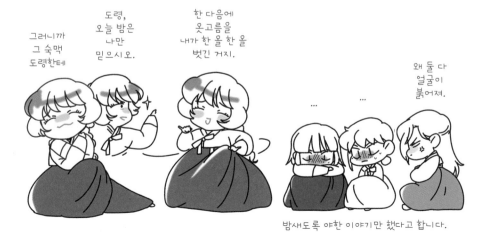

밤새도록 야한 이야기만 했다고 합니다.

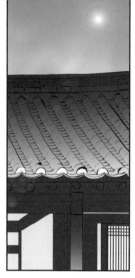

일어났어요?

애들은?

아직
안 들어왔어요.

그것들 단단히
미쳤네.

뭐 어때요.

이번 기회에 둘이서
정분이나 나누고
오라죠, 뭐.

쾅
쾅

실례합니다!

계십니까?

아니,

제가
나가보겠습니다.

내가 나가.

혹 황태 씨를
쫓는 이들이면
어찌하려고
그러십니까?

몇 번 말했지만
난 당신이 끝까지
이 집의 귀신으로
남았으면 좋겠어.

나나 녹두 때문에
지금까지
당신이 지켜온 것을
버리는 것은…

싫어.

알겠습니다.
그렇게 하겠습니다.

아무도 안 계십니까?!
그럼 그냥 들어갑니다!

아오 씨

누구십니까.

끼익

?!

흐이어

아침 일찍
실례합니다.

그게 물 좀
얻어 마실 수
있을까 해서,

응?

오라버니?

하하…

하하하하하.

이렇게 쉽게 찾을 줄이야.

아무튼 이체 오라버니가 여기 계시다는 것은, 이덕이 오라버니도 이곳에 계시다는 것이겠지요?

이덕 오라버니!!

어디 있어! 오라버니!

누구십니까.

?

그러는 댁이야말로 누구십니까?

이 집 주인입니다만.

아… 안녕하세요.
전 정이체, 정이덕 동생
정이은이라고 합니다.

그리고
옆에 계신 부인은
이덕이 오라버니
안사람 되는
황미미입니다.

과부님 댁에서
철없는 저희
오라버니들이
신세를 졌습니다.

죄송하고
감사드립니다.

제가 빨리
두 사람 끌고
가겠습니다.

저기, 그래서 말인데
이덕 오라버니가
어디 계신지 아시나요?

그게
저도 잘…

여기서 이덕이 놈 백날 찾아봤자 소용없어.

나만 여기에서 살고 있고 이덕이는 더 먼 곳으로 갔거든.

왜?

보면 모르겠어?

인사드려. 네 새언니 되시는 고사리다.

네?

내가 내 마누라랑 둘이서만 있고 싶어서 이덕이 내보냈어.

많이 피곤해 보이십니다.
이렇게 된 거 기방에서
잠시 눈 좀 붙이고 가시는 게
어떠십니까?

괜찮습니다.

마음은 고맙지만,
빨리 집에 가서
쉬는 게 나을
듯싶습니다.

…….

하하하.
미안해요,
화수 양.

돌려 말하니
못 알아들으셨나
보네요.

그냥 제 말대로
기방에서 있다가
가세요.

어제 일로
과부님께 여쭐 말이
있습니다.

솔직하게
말씀해주세요.

어젯밤 동주랑
무슨 일 있었던 것
맞죠?

아니,
아무 일도
없었습니다.

귀신은 속여도
저는 못 속이십니다.

화수 양이
신경 쓰지 않으셔도
되는 일입니다.

…제가 왜요?

저도 이모님이
사내라는 아주 중요한
사실을 알고 있는
사람 중 하나입니다?

목소리가
크십니다.

대체 무슨 말이
듣고 싶은 건데?

휴…

…….

신경…
쓰인단 말입니다.

뭐가?

그거야!!
전 동주와
동무니까요.

어젯밤 동주하고
과부님하고 그리
음습한 곳에 단둘이
계셨는데

걱정되는 게
당연한 거잖아요.

어머나,
그런 거였어?
그런 거라면 진짜
걱정하지 마.

그덕

그덕

정말
별일 없었어.

거짓말.
그런데 왜 동주가
제 눈을 피해요?

아차, 동주…

헤헤헤
죄송합니다.

헤헤헤헤헤헤헤

하아

하여간 표정 관리
안 되는 계집애…

아냐 아냐.

진짜 화수 네가
생각하는
그런 일은 없었어.

양어머니이긴 하지만,
난 동주 엄마라고.

딸한테 내가
무슨 짓을 할 거며,
무슨 일이 있을 게
뭐 있겠어.

무슨 소리지…?

설마, 화수 양도 내 양녀로 들어오고 싶어서 그래요?

그럼 저는요?

화수 양은 또 왜.

그런 거라면 더는 나도 힘들어.

거기다가 화수 양은 차기 기방 행수라면서요.

할 말이 있어요.

뭔데?

지금부터 제가 하는 말은 전부 다 한 치의 거짓도 없는 진심이에요.

그러니까 잘 들어요.

좋아해요.

여인이 아니라 사내라는 사실을 알게 되었을 때부터 쭉 좋아했어요.

저만 남자라는 걸 아는 게 아니라는 걸 알았을 때 서운했어요.

어젯밤에 동주와 단둘이 있는 것 보고 심장이 아파 죽는 줄 알았다구요.

진짜 싫었다구요.

어차피 동주는 여인이 아니고 딸이라면서요.

그러니까,

꽈악

그러니까.

화수야, 나 이 이야기는 못 들은 걸로 할게.

왜…?

어째서?

이 마을에서
과부로 있기 위해서?
그런 거라면 난 남몰래 연애를
하는 것도, 그게 안 되면
이 마을 밖으로 함께
도망가는 것도 할 수 있어요.

그러니까,

나를 여인으로
보지 않는다는 말은
하지 말아요.

쉬잇.
거기까지.

화수 넌
고운 아이야.

이렇게 울어도
고운 아이는 처음 봐.

하지만,
나는…

거기까지 해요.

포기 못 해요.

날 좋아하게
만들 거라구요!

조선 일애뎐

녹 두 젼

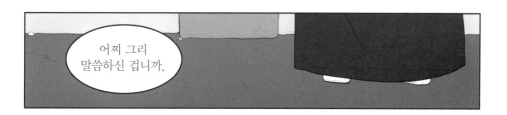

어찌 그리
말씀하신 겁니까.

저희가 언제
혼인을 했다고
그런 말씀을
하십니까…

…….

그거라면

할 겁니다.

혼인.

네?

하… 하지만

전 과부에
나이도 많고,

그런 말
하지 마요.

나, 믿죠?

133

그럼 지금부터 제가 하는 말 잘 들어주세요.

제 여동생한테 녹두가 잡히면 안 됩니다.

오늘 중에는 녹두 놈이 돌아올 테니, 들어오기 전에 찾아서 피신시켜놔야 할 듯싶습니다.

대충 여기 없다고 둘러 말해놓기는 했지만, 이대로 돌아갈 것 같지도 않고…

역시.

여기에 이덕 오라버니가 있는 게 분명해.

아시겠죠? 혹여나 제가 자리를 비운 사이에 작은오라버니가 올 수도 있을 테니까

알겠죠?

작은올케님은 제가 돌아올 때까지 어디 가지 마시고 여기에 계셔야 해요.

내가 오늘은 반드시 이 망나니를 잡아서 돌아갑니다.

작은올케님 혼인식도 꼭 올릴 거고요.

어머나.

동서님, 아가씨는 어디 가셨습니까?

서방님 잡으러 가셨습니다.

아가씨께서 먹을 복이 없으시네요.

여기.

모처럼 먼 길 오셨으니,
아가씨랑 나눠 드시라고
가지고 온 것인데…

이왕 이렇게
된 거

싱긋

샤르르

동서님
혼자 다 드세요.

냠

냠

저기,
안 아파?

네.
자고 일어났더니
괜찮아요.

멀찌감치

......

어제는
뒤처져서 오더니
오늘은 앞서서
가네.

다리 다쳐서
제대로 걷지도 못하던
사람이 신기하네.

혹시 어제
꾀병이었던 거
아냐?

울컥

꽈악

137

그런 거 아니거든요?!

헙!

죄송해요! 저도 모르게 그만,

아냐.

괜찮아.

나야말로 놓이 지나쳤어. 미안해.

내가 잘못한 거야. 신경 안 써도 돼.

그게 화를 내려고 했던 게 아닌데…

어?

그냥 좀 혼자 걷고 싶어서 그래요.

이은이?!?!

동주야,
지금부터 뒤돌아보지
말고 걸어.

네?

갑자기 그게
무슨 말이에요?

성큼

성큼

무슨 일이에요.

그게…

방금 장터에서
내 여동생을 봤어.

네?
여동생분이
왜…?

나도 몰라.

아무튼,
빨리 떠나야 해.

일단 내가 이런
꼬락서니라서 모르고
지나친 것 같긴 한데.

눈썰미가 좋은 아이라서 제대로 마주치면 바로 알아볼 거야.

아무래도 여동생이라면 딱 보고 알아채겠죠.

태평하게 웃으면서 '알아보겠죠' 할 때가 아니야…

다른 사람도 아니고 아무런 정보력이 없는 내 누이가 날 찾으러 여기까지 왔다는 건 다른 사람들도 알고 있을 가능성이 있다는 거잖아.

그 말은 지금 당장이라도 내가 잡힐 수도 있다는 거고, 나는 반역죄로 쥐도 새도 모르게 죽을 수 있다는 거라고!

반역죄?

그렇게 해서 내가 개죽음당하면 우리 동주는 양어미마저 없는 고아가 된단 말야…

…….

어머님, 너무 멀리 가시는 듯싶습니다.

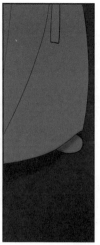

아무튼 빨리 결정해.

여기에 남을래, 아니면 나를 따라 떠날래?

물론 동주 너는 나랑 같이 안 가도 돼.

나를 따라나서 봤자, 너도 나처럼 도망 다니는 팔자만 될 뿐이야.

거기다가 당분간은, 아니, 어쩌면 다시는 이 마을에 돌아오지 못할지도 몰라.

그러니까
나 신경 쓰지 말고
신중히 선택해.

알겠습니다.

그러하면

저는,
포기 못 해요.

날 여인으로
보게 만들 거라구요!

어쩌지.

화수가 어머니를
연모하고 있었다니.

그러하면

저는 어머니를
따라가겠습니다.

그래.

일 년간
머물다 가겠다는
행수님과의 약속을
지키지 못하는 건
안타깝지만,
어쩔 수 없지.

아,
잠깐.

맞다.
내 금도장.

금도장?
그게 뭐예요?

동주 너 입양할 때
행수님한테 담보로
드린 게 있어.

갈 때 가더라도
그건 꼭 받아서
가야 하는데,
어떡하지.

제가
받아 올게요.

어머님은 집에 가서 짐 싸고 계세요.

알았어. 그럼 부탁할게.

행수님. 저 왔습니다.

동주 왔느냐.

마침 널 불러 오라고 사람을 보낼 생각이었는데 네가 먼저 잘 찾아왔구나.

어사님. 이 아이가 제가 과부에게 입양 보냈다는 아이입니다.

아, 그렇군요.

146

이모님.
저 지금 일이 제대로
꼬여서 아무래도
짐을 싸야 할 것 같아요.
좀 도와주시겠…

녹두 씨
오셨어요?

저도
도와드리고
싶기는 한데…

쏴아아

전 정이덕이라는 분이
누군지는 모르겠는데

그분의
여동생분과
부인분이
찾아오셨어요.

안녕하세요,
황미미입니다.

아… 예.

저기 그림,
저는 일이 바빠
방에 들어가 보도록
하겠습니다.

아주머니,
우리 서방님은
언제 오나요?

그게… 그러니까,
백 밤 자면 오시지
않을까요?

저 백 밤
넘게 잤어요.

멈칫

시누이님이
여기 오면 서방님
만날 수 있다고
했단 말이에요.

미치겠다.

눈물이 안 멈춰.

149

미미한테는
미안한 마음밖에 없어서
아예 잊고 지냈다.

아직 아무것도 모르는
다섯 살짜리 꼬마니까,
혼인이니 서방이니
뜻 자체도 모를 테니까
괜찮을 거라고 생각했다.

나 편한 대로

내가 생각하고
싶은 대로

내 멋대로
생각한 거였다.

나…
진짜 쓰레기네.

일단은, 흠. 무엇부터 해야 할까.

제가 동주 양에겐 생명의 은인이니, 먼저 감사의 인사를 받아야 할까요.

아니면

제가 동주 양 덕분에 실적을 올렸으니 먼저 감사의 인사를 드려야 할까요.

그게 무슨…

동주야, 인사드리거라. 이분이 네 화초를 올려줄 뻔했던 박 영감을 처리해주신 분이란다.

하하, 전 제 일을 한 것뿐입니다.

네?

그리고 저보단 정 형제에게 고마워하는 것이 순서에 맞는 일이겠지요.

이체가 찾아와 알려주지 않았더라면 발정 난 늙은 개를 제가 처리할 수도 없었을 테니까요.

박 영감은 저희 기방뿐만 아니라 이 주변 모든 기방의 골칫거리였습니다.

다른 기방 행수들의 몫까지 하여 감사 인사를 올립니다, 어사님.

그리고 제 옆에 있는 동주 역시

어찌하다 일이 풀려 팔자를 고쳐 살고 있지만

어사님이 아니 계셨다면, 지금 제 옆에 앉아 있을 수가 없었겠지요.

사는 내내
목구멍에 가시가
걸린 것마냥

커다란 돌덩어리가
어깨에 올라가 있는 것마냥,
마음에서 떠나보내지 못했던
아이들을 이제야
떠나보냈습니다.

그 아이들도
이제 한을 풀고 좋은 곳에서
다시 태어날 수 있을 겝니다.
감사합니다, 어사님.

그리
말씀해주시니
고맙습니다.

그럼, 동주야.
이제 내가 궁금한 것들을
물어봐도 되겠느냐.

소녀, 아는 것
아는 대로 답하도록
하겠습니다.

고맙구나.
내가 물어볼 것은
다른 것이 아니라

너를 입양했다는
과부와

황태라는 이름의
몸종에 대한
것이란다.

그것이 말이다.

분명 내게
박 영감을 벌해달라고
찾아온 녀석은

정이체라는 이름의
젊은 사내놈이란 말이다.

그런데 네가 오기 전에
행수님과 대화하다 보니
행수님께서는
내게 찾아왔던 놈이
이체가 아니라

녹두라는
이름을 가진 과부의 몸종
황태라는 것 같다고
말씀하시는 게 아니냐.

해서 내 이상하여
내가 아는 정이체의 외관을
설명해드렸더니 황태라는 놈과
비슷하다고 하시더구나.

어사님께서 말씀하신,
오 척이 되는 키에 눈이
찢어진 사내는 분명
황태라는 자의 용모와
같습니다.

그렇지요,
행수님?

하지만
참 이상하지요.

네.

그 사내는 어사님께
본인을 정이체라고
소개했으니 말입니다.

그래서 말이다.

실은 내가 그 녀석들을
만나러 온 것이었는데,
도저히 찾을 길이 없어

꿩 대신 닭이라고
황태라는 이름의 사내와 그놈이
모시는 과부라도 만나보고 싶어서
너를 불러달라고 했단다.

나를 데리고
네가 살고 있는 집에
가줄 수 있겠느냐.

너무 걱정은
하지 말거라.

해코지하려는 것이 아니라
단순히 내 실적을 올려준
이들에게 감사의 인사를 하고 싶어
만나려는 것일 뿐이란다.

조선 일애뎐

녹두전

어쩌지.

분명 어머니께서
추격하는 자들에게 잡히면
그대로 죽을 거라고 했었는데.

어떻게든
길을 돌고 돌아서
시간을 끌면…

아냐.
그래도 소용없어.
어머니는 나랑 같이
떠난다고 했으니까,

일찍 들어가나
늦게 들어가나
상황은 똑같을 거야.

어쩔 수 없어.
이렇게 되면
어머니를 믿는 수밖에.

분명 어머님은
어사님을 만나도
뻔뻔스럽게 과부 연기를
할 테니까, 어사님이
못 알아보실 거야.

솔직히 그 꼬라지가
남자일 거라고
누가 생각하겠어.

다른 방법이 없어.
그냥 모시고 가는 것밖에
할 수 있는 게 없다.

많이
긴장하고
있나 보구나.

네?

내 너의 집에
가는 길에 저 집만
세 번째 보는구나.

…아, 그게

죄송합니다.

내 이해한다만,
그리 경계하지
않아도 된단다.

159

행수님과 함께
있을 때도 말했지만,
난 그 아이들을 도와주러
온 것이지 해하려 온게
아니란다.

이제 녀석이
내게 도움을 청하러
왔었다는 이야기를
듣지 않았느냐.

그리 말씀하셔도
전 정말 아무것도
모릅니다.

이체라는 분이
누군지도
모르구요.

허허.
그러냐.

이대로

떠난다 해도
달라지는 것은
아무것도 없다.

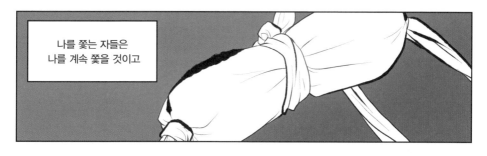

나를 쫓는 자들은
나를 계속 쫓을 것이고

미미는 나와
혼인할 때까지
기약 없이
기다릴 것이다.

어찌 되었든
내 부인이
되었을
사람이다.

도망쳐서 해결될
문제가 아니라면

정면승부가 답이다.

이곳입니다.
하지만 어사님께서
찾는 분들은
안 계실 겁니다.

이 집에서
살고 있는 사람은
저와 어머니,

그리고
어머니와 함께 오신
황태 님과 이모님
뿐이니까요.

응?

허허.

아무래도 손님이
와 있나 보구나.

어사님도 같이
오신 것이었습니까?

네 아버지가
널 데리고 오라고
하셔서 말이다.

누구…?

전 안 갑니다.

네가 나와 돌아가지 않으면 더 일이 커질 거다. 어차피 지금 안 가도 결국엔 한양에 끌려가게 될 거야.

정...

이덕?

떠나라고, 숨어 살라고 한 것은 어사님 아니었습니까?

소리를 낮추거라.

보는 눈과 듣는 귀를 두려워하라고 그리 당부하지 않았느냐.

이 마을에 어찌 있게 된 건지는 모르지만 서둘러 떠나는 것이 이곳을 위한 것이란 걸 너도 알고 있을 게 아니냐, 이덕아.

알겠습니다.

미미와 함께 출발할 준비를 하겠습니다, 어사님.

이게 다 무슨 소리야?

저기, 잠시만요.

그게 그러니까

무슨 말이냐고, 지금 이게 어떤 상황이냐고 물어봐야 하는데.

이덕아, 아는 사이인 게냐?

아니요. 처음 보는 여인입니다.

164

정말이지 무슨 생각들인지, 내가 이해하려고 해도 도저히 이해해줄 수가 없어.

아니, 둘 다 대체 무슨 생각으로 식 전날 가출을 한 거래요?

......

이덕 오라버니는 어떻게 이렇게나 귀여운 신부를 홀로 두고 식 전날에 발걸음이 떨어지셨대요?

미미랑 혼인을 하기 싫어서가 아니라 일이 있어서 잠깐 나온 거라니까.

......

들었지? 미미야.

오빠가 미미랑 혼인을 하기 싫어서 도망간 게 아니라니까.

아무튼 아직 철 안 든 오라버니들이란 건 잘 알고 있었지만, 이번 건 해도 너무하셨어요들.

여기서 뭐 하고 계신 겁니까?

혹 제가 이체 녀석을 데리고 갈까 걱정돼서 엿듣고 계셨던 겁니까?

그런 거라면 걱정하지 않으셔도 됩니다.

제가 반드시 데려가야 할 아이는 이덕이 녀석 하나니까요.

화수야.

이모님?

이모님께서 여기까지 어찌 오신 겁니까?

쉿.

집에 큰일이 생겼어.
정확히는 나도
무슨 일인지
잘 몰라서 뭐라
말할 수는 없지만,

화수야,
서둘러서
녹두댁으로
가보거라.

네?

도움을
청할 수 있는 게,
이모는 생각나는 게
너밖에 없어서…

죄송해요.
도와는 드리고 싶은데,
지금 그 집에 가보는 건
좀 그래요.

좀 전에 차였는데
어떻게 거길
내 발로 가라는 거야.

알았다.
이모가 괜히
주지 않아도 될 부담만
준 것 같구나.

미안하구나…

쳇.

하여간 여러 가지로 귀찮은 사람 같으니라고.

허얼…

꼴이…
그게 뭡니까?

화수 양이야말로
여기까지
무슨 일이십니까?

꼴이 그게 뭐냐고
묻고 있지 않습니까?

화수 양은
이미 알고
계시던 것
아니었습니까?

아무튼 마침
잘 오셨습니다.

뭐야,
이 얘기는.

실은 제가 부인 될
사람과 함께 고향으로
돌아가게 됐거든요.

…부인?

갑자기
무슨 부인요?

소개가 늦었네요.
옆에 있는 분이
제 안사람이 될
황미미입니다.

광

네년이 놀라봤자
나만큼 놀랐겠어?

깜짝이야!!
놀랐잖아!!!

뭐?

왜 그 여장변태가
남정네 행색으로
있는 거고,

그 난쟁이 똥머리가
그놈의 부인인 건지
설명 좀 해봐, 동동주.

어머니가 실은 남자

그런 건 이미 알고 있었어!

그게 실은…

내가 너 같은 줄 알아? 척하면 남자인지 여자인지 바로 안다고.

끄덕

그러니까 짧고 굵게!

숨기는 것 없이 다 말해!

그러니까
뭐야.

결론적으로
우리 둘 다 그놈 손바닥에서
놀아난 거다 이거네?

돈 많은 집 도련님이
총각 시절을
더 즐기고 싶어서
잠시 튀쳐나와 놀다가
잡혀 돌아가는 상황이다,
이거지?

그게,
그렇게 비약할 건
아닌 것 같은데.

동동주 넌
도대체가 속이 없는 거야?
아니면 없는 척하는 거야?

그 새끼가
이 사단 만들어놓고
튄다는데 화도 안 나?

…도저히 안 되겠다.
이왕 이렇게 개판 난 거
제대로 된 개판을
만들겠어.

그러지 마,
화수야.

뭘 그러지 마야.
착한 척 그만해.

동동주,
따라 나와.

내가 오늘
내 자존심을 걸고

널 여자로
만들어주겠어.

오라버니가
혼인 전날
멀리 떠나서
서운했느냐.

미미야.

네!
미웠어요.

시누이님께서
서방님이 백 밤 자면
돌아오실 거라고 했는데,
안 오셔서 화가 났었어요.

연지 곤지 찍고
활옷 입고 서방님이랑
맞절하는 것도

울먹

어머니 곁에서
안 자는 것도 어머니랑
같이 연습했었단
말이에요.

어머니
보고 싶어요.

미미야, 네 어머니는
우리 집 옆에 사시잖아.

네!

미미는 우리 동네
황씨네 막내딸로,
늦은 나이에 막내를 본
황씨네가 애지중지
키우고 있는 아이였다.

작은아버지께서
뜬금없이 우리 집으로
찾아와 내 혼처를
구했다며

어머니와 아버지가
집으로 돌아오셨다.

나를 한양으로 무작정
데려가시려고 할 때

미미가
갓 태어났을 때부터
옆에서 봐왔다.

나이 차이 많이 나는
막내동생 같은 아이를
내가 여자로
볼 수 있을 리도 없고,

미미도 나를 말로만
서방이라고 부를 뿐이지
아무것도 모른다고 생각했다.
때문에 집을 나오면서도
아무런 거리낌이 없었다.

미미야, 오라비
흙은 안 먹는다.

물론, 개미도.

오라버니,
진지 잡수세요.

미미와의 혼인은
취소하면 그만이고,
취소가 안 되더라도
그래봤자 이웃집.

아버지 성품이야
내가 더 잘 아는 바,
우리 집에 들어와서
살게 된다 해도
이웃집이니 문제 될 거
없을 거라고 생각했다.

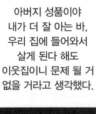

…내가 생각이 짧았다.

이 어린아이가
나와 혼인한다는
소문이 온 동네에
돌았었다.

시간이 흘러
다른 사람들의 기억 속에서
잊혀질 수도 있겠지만,
미미에게는 상처로 남을 것이다.

미미는
나 때문에 아버지께
이용당한 거다.

그러니
책임은 내가 져야
하는 것이 맞다.

제에부~
어디 계세요~ 정이덕
제에부우님임~

?

어머나♥

여기
계셨네요,
제부♥

??

제 동생은
제부 때문에 울고 있던데,
제부님은 좋아
보이십니까?

네?

당최 무슨 소리인지 하나도 모르겠지만,

미미 진짜 간신히, 지금 막 재웠습니다.

방에 눕히고 온 다음에, 그때 이야기하도록 합시다.

잘 시간이 한참 지났단 말입니다.

......

이 사람이 지금 사태의 심각성을 전혀 모르고 계시네.

제에부우!

깜짝

도저히 속에서 불이 나서, 내 동생이 불쌍해서 가만히 있지를 못하겠네요.

내가 그냥 참고 모르는 척하면서 지나가려고 했는데

?

?

제 동생과 혼인하고 같이 살기까지 하신 분이 이제 와서 실은 총각이 아니었다고,

…제가요?

숨겨놓은 정혼자가 있어 혼인하고 돌아올 테니 기다려달라고 하셨다면서요.

그럼 여기에 제부 말고 누가 있습니까?

그러니까

아무튼 정혼자분도 일어나셨으니

복잡하게 둘이 이야기하지 말고 제대로 4자 대면 하자고요.

동주야, 나와!!

휘이잉

......

하여간

답답한 계집
같으니라고.

동동주!
거기 숨어 있는 거
아니까 빨리 나와!

네가 뭔 죄를 지었다고
말도 못 하고 숨어 있어!
빨리 안 나와?!

셋 센다.

하나

두울

동주야?

피식

저… 저기

알겠지,
동주야.
넌 지금부터
나만 믿어.

나만 믿고
내가 하라는 대로만
하면 돼.

그럼 그놈
잡을 수 있어.

응.

일단 무조건
네가 진짜
부인인 것마냥
행동해야 해.
서방님이라고
부르는 건
당연한 거고.

음,
그리고…

아! 그래.
뭐라고 할 말이
안 떠오르면

'동동주 잘했어'
라는 수신호

하아.

지금 그게
무슨 소리입니까?

서방님이라니요?

대체 누구신데, 누구한테 서방님이라고 하십니까?

아, 그게

야!!!

그러는 넌 누군데 내 동생한테 손가락질이야?

아, 이건 죄송합니다.

아무튼 물으니 답해주는데, 저 애는 정이덕이라는 자의 부인이고

난 그 부인의 언니 되는 사람이다.

당최 무슨 소리인지 하나도 모르겠네요.

전 그쪽이 말하는 동생분 남편의 여동생인데, 제가 아는 오빠 부인은 그 댁 동생분이 아닌데요?

아아~ 그쪽이 이 사단을 만든 장본인이구먼?

이건 또 무슨 개뼈다귀 굴러가는 소리입니까?

네가 그 암행어사랑 꼬꼬마 데리고 온 거라며?

제가 제 오라버니 찾으러 온 게 뭐 어때서요?

그게 문제라는 거야! 올 거면 좀 더 있다가 올 것이지 개떡같이 왜 지금 왔냐고!

뭐가 어째요? 그게 대체 무슨 말입니까?

지금 네가 이 상황이 똥인지 된장인지 찍어 먹어보질 않아서 사리 구별을 못하는 것 같은데,

잘 들어.

저놈.

저놈!

우리 마을에 와서
얌전히 살고 있는
내 동생과 과부 이모님을
꼬드겨 혼인했다고!

어머나,
몰래 보고
있었던 거
들켜버렸네요.

그뿐인 줄 알아?
둘 다 도망치고 있는
신세들이라고 하면서

남들한테 혼인했다고
말도 못 하게 하고
살게 했다고!

그래도 어쩌겠어, 내 동생이 그래도 저놈이 좋다고 참고 살겠다는데.

속 터지더라도 나도 참고 살아야지.

부들

부들

하지만!

저런 꼬꼬마가 정혼자로 떡하니 있는 유부남인 걸 알았다면 나도 내 동생 시집 안 보냈다고!

……

……

오라버니, 지금 이 여자가 하는 말이 다 참말이오?

둘이 쌍으로 돌아버렸소?!?!

…어

그게…

이제 다 넘어왔어. 마지막 한 방이다.

…흑!

미안합니다.

내가 경황없이
당황해서 막무가내로
화만 냈습니다.

?!

하지만
어쩌겠어요.

이미
동주의 배에는
아기가…

아기가 들어서서
크고 있단 말입니다!
사돈!!

약혼녀라고 해도
첫날밤은커녕
혼인하지 않은 아가씨는
다시 혼인할 사내를
찾을 수 있겠지만,

머리
좋네요.

우리 동주는
아닙니다, 사돈.

저 아가씨
대단하네.

그러니 사돈이
가엾게 여기시고,

눈감고
돌아가 주세요.

저기요.
배에요.

배에
아가 있어요?

죄송합니다.

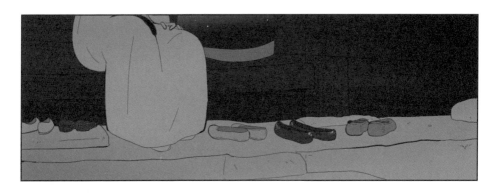

흐음.

네, 맞습니다.
임신.

그런데… 어찌하여
다들 표정이 그리
안 좋으신 겁니까?

산모 앞에서 다들 웃지 못하겠습니까?

배 속의 아기가 뭘 보고 배우겠습니까!

휴우.

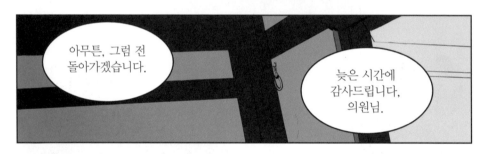

아무튼, 그럼 전 돌아가겠습니다.

늦은 시간에 감사드립니다, 의원님.

이 진상 오라버니. 결국 일을 내네, 일을 내.

황씨 아저씨한테는 뭐라고 할 거고 엄마 아빠한테는 어떻게 할 거야.

잠깐 나갔다 올게.

어딜 가는데!

의원님, 동주 발목 좀 봐주고 가시면 안 될까요?

네? 산모에게 무슨 문제라도 있는 건가요?

…….

거기 사돈, 동주는 이제 그만 방에 들게 하는 게 좋겠습니다.

아… 예.

…?

다 놔드렸습니다.
다른 아픈 곳은 없지요?

네,
괜찮습니다.

으... 침 싫어.

그럼 저는 잠시
나가 있겠습니다.

아기도 가진 분이
다리는 또 언제
다치신 겁니까?

죄송합니다.

그러는
사돈이야말로
산모 앞에서 어딜 감히
고성입니까?

죄송
합니다.

아무튼 그럼
새… 언니죠?

새언니
이름이 뭐예요?

동동주입니다.

동동주요?
동 씨도 있나?

부모님이
어디 분이세요?

그게,

부모님이
안 계셔서…
잘 모릅니다.

저는 고아라서…
기방에서
자랐습니다.

저 계집애가
쓸데없는 말을!

그게 무슨 소리니, 동주야. 네게는 대신에 양어머니가 계시잖니. 양어머니는 부모가 아니니?

양어머니요?

전녹두라는 이름의 과부이신데, 동주를 양녀로 입양해서 함께 살고 계십니다.

엊그제 동주가 임신했다는 것을 아시고는 몸에 좋은 약재를 구하러 이웃 마을에 가셨습니다.

그러셨구나.

아무튼, 부모 없이 자란 게 무슨 잘못이라고 죄송하다 하십니까?

전혀 죄송하실 일이 아닙니다.

오히려 저야말로 못난 오라비 대신에 사과드려야지요.

그리고 일단 집에는 아무 말 하지 않을게요. 나중에 아기 낳으면 그때 오라버니랑 아기랑 인사 오세요.

애까지 낳아서 왔는데, 죽이겠어요 뭐 어쩌겠어요.

오히려 좋아하실 수도 있어요.

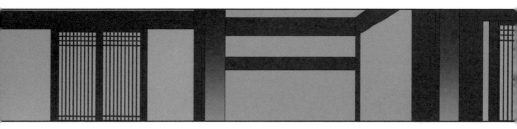

내 잠시 도망만 가 있으라고 했지…

그새 피붙이를 만들면 어찌하자는 게냐.

네 피붙이는 아무나가 될 수 없다는 것을 알고 있지 않느냐.

네 아비는 널 이대로 살게 하고 싶어 한다는 것을 나도 알지만, 네 작은아비 성격은 너도 잘 알지 않느냐.

윤저는 너를 어떻게든 한양으로 데려갈 게다.

영원한
비밀이란 것은
없단다, 이덕아.

더욱이나
네 친아버지를
찾아주는 일이다.

하지만 어사님,
전 아무 기록에도
없는 사람입니다.

전 정윤저의 아들
정이덕입니다.

전 그저
연모하는 여인과 함께
도란도란 자식 하나
낳아 키우며

다른 욕심은
추호도 없습니다.
생각도 해본 적이 없고
꿈도 꿔본 적이
없습니다.

정윤저의 철없는 차남
정이덕으로 살다
죽고 싶습니다.

알겠다, 이덕아.
내 그리 전하도록 하마.

조선웹애뎐
녹두전

하아…

뭐가 어떻게
된 건지 하나도
정리가 되지 않는다.

감 따러 나간 것까지는
정리가 되는데,
그 뒤에는 진짜 모르겠다.

아무튼
지금 난 동주와
부부인 거니까

다른 눈들을
피하기
위해서라도,

동주랑 같이
자는 것까지는 아니더라도
이 방에 들어가야 하는데…
그게 될 리가 없잖아.

하하

하하하하

스윽

어디서 누가 보고 들을 줄 알고 그런 말씀을 하십니까.

버럭

아, 미안.

아무튼 그렇게 서계시지 말고

?!?!

들어오셔서 말씀하시지요.

저기 그게,
동주야.

아무리 그래도
진짜 혼인한 사이도 아닌데
한 이불을 덮는 건
도리에 어긋난
행동 아닐까?

?!

서방님.

네?

설마 제가
단둘이 여기에
눕자고 한 줄
아신 겁니까?

두
두
둥

미미가
여기에 왜…

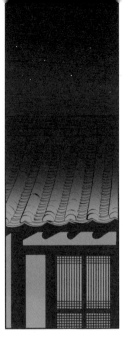

깊게 잠드셔서
쉬이 깨지는
않을 듯하지만

큰 소리는
내지 않는 것이
좋겠지요.

…많이
놀라셨지요?

어… 응.

하지만 저 역시
서방님의 사내 모습을 보고
많이 놀랐으니
도긴개긴입니다.

그건…
내가 미안해.
잘못했어.

아닙니다.

…….

그런데
그… 임신은
어떻게…?

했을 리가 없지
않습니까!!

하지만
의원님께서 분명…

?!!!

아…
거짓말이었구나.

저희 기방과
약속되신
분입니다.

꼬덕

서방 없는 여인네들만 모여 사는 마을이지 않습니까. 그래서 이를 안타깝게 여기신 행수님께서 조금이라도 슬픈 일을 줄여보겠다고 손을 써놓은 겁니다.

의원님께 약속된 은어로 부탁을 드리면 이리 밖으로 나갈 수 있도록 도와주시는 게지요.

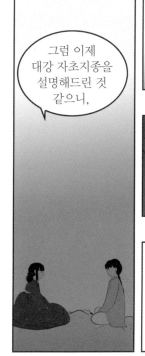

그럼 이제 대강 자초지종을 설명해드린 것 같으니,

사과를 드릴 차례인 듯싶습니다.

제 이기적인 마음으로…

떠나지 못하게 만들어서 미안합니다.

이 어린아이에게
거짓을 말했습니다.

···저 자신 하나를
위해서 다른 이에게
상처를 주었습니다.

죄송합니다.

죄송합니다···

왜 동주 네가
나한테 사과를 해.

미안하다고,
용서해달라고
빌어야 하는 건 나야.

미미에게는 내가 잘 설명할게.

…그건

하지 않으셔도 됩니다. 제가 사실대로 다 말씀드렸습니다.

?!

임신한 거 아니라고, 혼인도 안 했다고, 그냥 한집에 같이 살았던 것뿐이라고 말씀드렸어요.

뭐?

세상에 영원한 비밀이란 게 어디 있습니까?

죄송합니다. 이 배 안에 아이는 없습니다.

이곳에 이덕님과 함께 지내는 동안…

오라버니?

더 자지,
왜 일어났어?

못난 오라비라 미안해.
미미야.

오늘 일은
감사합니다,
의원님.

돈 받고 하는 일인데
뭘 고맙다 하는가?

나야 이런 부업이
있을 때마다
공돈이 생기는 것이니
득 아니겠는가?

다만 여우에 물린 아이가
동주일 줄은 몰랐어서
좀 놀랐네.

껄껄

자네들 둘이 사이
안 좋은 거,
동네 사람들은
다 알고 있지 않은가?

*닭이 웁니다.

의원님, 늦은 시간에 죄송합니다!

급합니다!

동주가 *여우에게 물려 의원님께서 맥을 짚어주셔야 할 듯합니다.

*닭이 울다: '거짓 진료를 부탁드린다'는 이 마을만의 은어.
*여우에게 물리다: '임신으로 진단을 내려달라'는 이 마을만의 은어.

고생하셨는데 요깃거리라도 잡수시고 가시지요.

필요 없네. 그럴 바엔 동전 한 닢을 더 주시게.

그럼, 내일도 필요하면 부르시게.

처음에는

호기심이었다.

그렇지 않아도
제 아랫것이
귀신을 봤다고 하도
호들갑을 떨기에

그제 기방에서
얻어 온 청주로
제사를 지냈습니다.

그랬더니 그 뒤로
귀신의 귀 자도
안 보이게 된 게
아니겠습니까?

많은 과부들을 봐왔지만, 그 과부는 뭔가 달랐다.

이유는 모르지만,
누가 봐도 남자인 주제에
멍청한 소리로
여인을 흉내내는 것이

숨기려 해도
보이는 사내의
모습에

호기심이

두근거림으로 바뀌고 말았다.

어째서?

이 마을에서 과부로 있기 위해서?

그러니까

그러니까,

그런 거라면 난 남몰래 연애를 하는 것도, 그게 안 되면 이 마을 밖으로 함께 도망가는 것도 할 수 있어요.

안 된다거나 나를 좋아하지 않는다는 말은 하지 말아요.

겉으로는 내가
동주보다 더 많은 것을
가진 것 같아 보이지만,
사실은 늘 그 반대였어.

정작 내가 가지고
싶었던 것들은,

이루고 싶었던 것들은,
모두 다 동주의 몫이었다.

흑.

오늘만…
오늘만 울 거야.

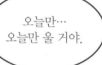

정말 못났다,
매화수.

오늘만 울고,
다 잊어버릴 거야.

정말…
정말… 아프다.

제5화 자살하는 여인

죄송합니다!! 너무 늦게 일어나서…

일어났니?

화수야?

아무리 깨워도 못 일어나더라.

그 어머… 아니, 서방님은?

다들 아침에 가셨어.

가시다니?

이모님이랑
황태 씨랑 다 해서
아침에 출발하셨어.

정말?

울컥

뭘 놀라.
다 알고 있던 거
아니었어?

결국…

정말 가버린 거야?
그런… 거예요?

동주 일어났네?

뭐야,
너 또 왜 울어?

왜 울었어?
어?

그게,
서방님이 떠나신
줄 알고…

부글

부글

떠나긴 내가
널 두고 왜 떠나!

거기요들.
저 여기에 두 눈 뜨고
앉아 있거든요?

?!?

알고
있거든요.

야!! 매화수!!

난 이모님이랑
황태 씨가
갔다고 했지,

흐응

이덕 씨가
떠났다는 말은
안 했다?

우이 씨
화수…
요 기지배…

233

어쩌기는요.

지금이라도 만들면 되죠.

말도 안 되는 소리는 하지 맙시다, 화수 양.

그게 무슨 소리야!

어머, 왜 말이 안 돼요? 두 사람 벌써 잊어버렸어요?

어제 모~두가 있는 자리에서 부부라고 선전포고 했잖아요.

그리고 그 편이 앞으로도 둘이 지내기에 편할 것 같은데?

아무튼 전 가볼게요. 한동안 못 올 거예요. 기방 밖으로 돌아다녔더니 밀린 손님이 너무 많아서요.

뭐 그렇다고 기방으로 찾아오는 것까지는 외면하지 않을 테니까, 무슨 일 생기면 기방으로 오세요.

이왕이면 조카랑 같이 오면 더 좋고요.

그만하라고!

…

저기!

아! 그게, 동주 너부터 말해.

아니에요. 먼저 말씀하세요.

…그게,
그러니까

그 비녀 말이야.

내가 사줬던
건가 해서.

……

맞아요.
그때 주셨던
비녀예요.

옷이며 가채며 전부 다 화수가 빌려준 것인데…

이 싸구려 비녀는 어디서 난 거야?

비녀만큼은… 온전한 제 것으로 하고 싶었어요.

그냥… 원래 있던 거야.

아무튼 이번엔 제가 물어볼 차례죠?

어?! 어!

앞으로 어머니라고 부를까요, 서방님이라고 부를까요?

?!

잠깐만 기다려.

뭡니까?

너나 나나
이 편이 편하지
않겠어?

그냥 원래대로
어머니로 부르자.

눈 아래 점.

응?

안
찍으셨습니다.

잠깐만!

아직
물어볼 게
남았어.

꽈악

동주 너
글 읽을 줄 아니?

네?

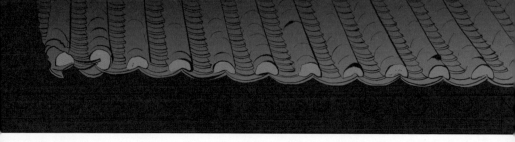

말했잖아. 할아버지가 쓰신 책이라고.

아니, 제 말은 할아버지가 쓰셨다는 책에 왜 임금님이 나오냐고요.

그거야 할아버지가 임금님을 모시던 분이니까.

네?

....

...높은 신분의 자제분일 거란 생각은 했었어요.

돌아가실 때쯤에는

판중추부사로 종일품이셨어.

종일품요?!

그렇게 호들갑 떨 필요 없어.

할아버지는 할아버지고 난 나니까.

그…
그래도.

전에 말했지만 아버지나 황태 형 우리 가족 모두 죽은 사람으로 족보에 올라와 있을 뿐만 아니라, 난 호적에도 올라가 있지 않은 양자라니까.

하지만…

뭐가 또 하지만이야.

말만 할아버지지, 남이나 다름없어.

문제라면 이 책이 문제지.

이 책이…
왜요?

예전에 작은아버지께서

말씀해주신 이야기가 있어.

우리 아버지와
작은아버지께서는 임진왜란 때
할아버지를 따라 왕세자…
지금 즉위하고 계신
임금님을 모시고
강원도로 피난을 갔었다고 해.

그때 세자 전하와 함께
먹고 자면서 친히
지내셨다고 하시더라고.

그 말은
할아버지의 일기 속
'황세자의 빈궁에서
해산을 하셨다'는 현장에

할아버지뿐만 아니라
우리 아버지와 작은아버지도
함께하셨다는 거지.

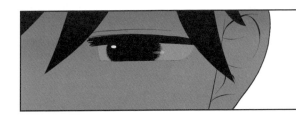

그런데 그해가
아버지가 갓난아기였던
나를 입양해 온 해야.

…그게 뭐요?
할아버지께서
말씀해주신 대로 전쟁 중
버려진 고아일 수도
있는 거잖아요.

전쟁 중에
버려진 고아 맞지.

왕세자의 아이라 해도
난 궁이 아닌
우리 아버지의
손에 자랐으니까

아마, 나는
나를 불쌍히 여긴
아버지께서
살려주신 걸 거야.

하지만
아버지와 달리
작은아버지께서는
나의 친부를,

내 신분을
찾아주실
생각인 거지.

작은아버지께서는
새 임금님이
즉위하신 후에

그 핑계 말고는
공부도 못 하게 하던
아버지를 납득시킬 방법이
없었던 거겠지.

하지만,
그것마저도

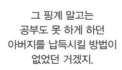

나를 장가보낸다는
핑계로 한양으로
데려가려고 하셨어.

이덕아.
미미와
혼인하거라.

아버지께서
미미와 나의 혼인을
추진하시면서
튕겨버린 거지.

한양이니 혼인이니 갑작스럽게 일들이 몰아닥치니까 혼란스러워졌어.

그때 나를 잡아준 게 형이야.

방 안에서 고민만 하던 나를 밖으로 끌고 나와 함께 도망쳐줬거든.

뭐 그렇다고 막무가내로 나온 건 아니야.

우리 집에 오셨던 어사님 있지?

아… 예.

그분이 우리 사정을 어찌 알고 도와주신 덕에 나온 것도 있거든.

도망치는 게 생각보다 속이 편하더라고.

작은 방에서 끙끙 앓던 것보다 훨씬 쉽더라.

그렇게 현실도피 하고 다니다가 너를 만난 거야.

어째 네놈은 하나만 알고 둘은 모르냐.

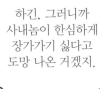

하긴, 그러니까 사내놈이 한심하게 장가가기 싫다고 도망 나온 거겠지.

엄이도종 [掩耳盜鐘].

멋있더라고.

그래서 도와준 거야.

'내 일'은 아무도 못 도와주는 건데

…….

'네 일'은 내가 도울 수 있을 것 같더라고.

…그래서

그 방에 그리 앉아계셨던 겁니까?

야! 그건 너 데리러 갔다가 잠깐 앉아 있다는 게 상황이 그렇게 된 거였다고!

퍽이나.

퍽이나~? 이봐, 그건 확실히 하고 넘어가자고.

원래는 그러려고 앉아 있던 게 아니라, 상황 설명을 해주려고 앉아 있던 거거든?!

그런데,
네가 나한테 변태라느니
박 영감이냐느니
막 몰아붙였잖아!

내가 아니라는데도
니가 자꾸 그렇게 몰고
가니까 나도 화나서
맞장구치게 되고
그러다 보니까…

거기까지
해요.

알았으니까요.

……

풀썩

……

…….

만약에 말이야.

내가 진짜 이 책에 나온 왕세자라서, 그래서 궁에서 자랐었다면

난 너에게 아무런 고민 없이 혼인하자 했을 거야.

그럼 넌 이 나라에서 최고로 신분 상승을 한 기생이 되었겠지.

하지만, 난 그렇게 자라지 못했고

오히려 반대로 궁 밖에서 내가 누군지 정확히 알지도 못한 채로 자라 지금은 쫓기는 신세야.

그러니까 네가 나와 혼인한다면, 너도 내 팔자 되는 거야.

나는 그게 싫어,
동주야.

……

내가
다 괜찮다고 한 거
기억 안 나요?

어머니.

…슬슬
지겨운 거 알죠?

어?

왜 어머니는
나쁜 쪽으로만
생각해요?

그거야
진짜 상황이
나쁘니까.

상황이
나쁘기는 개뿔.

지금부터 잡생각들
다 버리고
제가 하는 말들로만
머릿속을 정리해보자고요.

어머니 말씀대로
어머니가 진짜
왕세자라서
궁에서 자랐다면

어머니가 절
어떻게 만났겠어요?

작은아버님과
함께 한양으로
가셨다면

미미와 혼인을
하셨다면

저같이 호적도 없는
천한 기생년이 왕세자님
얼굴을 볼 기회나
있었을 것 같아요?

아니,
살아 있기는커녕
이슬이처럼 죽었을 수도
있었겠지.

그러니까 정리하면, 정이덕 네가! 이곳에 온 덕에 이렇게 앉아 있을 수 있는 거라고!

그러니까 나한테 미안하다고 할 필요도 없고, 더 이상 쓸데없이 걱정할 필요도 없어!

몇 번이나 말했지만 난 어머니를! 아니, 정이덕 너를 연모한다고!

그러니까 나랑!!! 혼인—

잠깐, 거기까지만 해.

258

어휴…
그러니까
거기까지만 하라는
거잖아.

지금까지 계속
네가 먼저
말했으니까,

적어도 혼인하자는
말 정도는 내가 하게
해줘도 되잖아.

혼인하자,
동주야.

〈녹두전〉 4권으로 이어집니다.

조선일애뎐

녹두젼

안녕하세요, 혜진양입니다. 3권 후기입니다.

남편 홍서방입니다.

강아지는 잔디입니다.

드디어 이번 권에 미미가 나왔습니다.

헤헷 헤헷

개인적으로 미미를 참 좋아하는데요.

우리 귀여운 미미~

꺅

그 이유는 바로!

미미의 모델이 저희 집 요크셔테리어 잔디이기 때문입니다. (2018년 기준 9살)

껌딱지처럼 붙어 있다거나

간식에 눈 반짝반짝 한다거나

무릎에서 잔다거나.

이런 행동 전부 다

우리 공주님 잔디~ 귀여운 잔디~

처음 설정할 때는 잔디가 아닌 귀여운 다섯 살짜리 꼬마 이미지였는데

저희 잔디의 행동에서 따온 연기란 말입니다!

역시나 제 세상에서 제일 귀여운 건 저희 집 잔디라서

저도 모르게 잔디의 행동에서 미미를 따오게 되더라고요.

4권에는 아저씨들이 잔뜩~ 나옵니다~

그럼 4권 후기에서 또 뵙겠습니다!

조선 일애던

녹두전

녹두전 3

1판 1쇄 발행 2018년 12월 10일
1판 2쇄 발행 2019년 10월 30일

지은이 혜진양
펴낸이 김영곤
펴낸곳 ㈜북이십일 아르테팝
문학미디어마케팅부문 이사 신우섭
오리진사업본부 본부장 신지원
미디어만화팀 윤기홍 윤효정 박찬양 **디자인** 박선향 조수현
미디어마케팅팀 이한나 황은혜 **문학영업팀** 김한성 이광호 오서영
해외기획팀 이윤경 장수연 **홍보기획팀** 이혜연 **제작팀장** 이영민 권경민

출판등록 2000 년 5 월 6 일 제 406-2003-061 호
주소 (우 10881) 경기도 파주시 회동길 201(문발동)
대표전화 031-955-2100 **팩스** 031-955-2151 **이메일** book21@book21.co.kr

㈜북이십일 경계를 허무는 콘텐츠 리더

아르테팝 채널에서 도서 정보와 다양한 영상자료, 이벤트를 만나세요!
북이십일과 함께하는 팟캐스트 '책, 이게 뭐라고'
페이스북 facebook.com/21artepop   트위터 twitter.com/21artepop
인스타그램 instagram.com/21artepop   홈페이지 artepop.book21.com

ISBN 978-89-509-7856-3 04810
책값은 뒤표지에 있습니다.